I0546756

J.-L. GONZALLE.

Concours Poétiques.

BETHLÉEM

A RHEIMS.

ACADÉMIE IMPÉRIALE DE RHEIMS

SÉANCE SOLENNELLE DU 29 JUILLET 1858.

RHEIMS

P. REGNIER, IMPRIMEUR DE L'ACADÉMIE.

1858.

43884

BETHLÉEM !

NOUVEL ÉTABLISSEMENT A RHEIMS

pour les

ENFANTS TROUVÉS

et

ORPHELINS PAUVRES (BOURSIERS NAPOLÉON)

Par J.-L. GONZALLE.

～～～

Pour de pauvres enfants aux sourires candides,
Si vous voulez qu'un jour Dieu vous tende la main,
Riches heureux, de vos tables splendides,
Laissez tomber.... quelques miettes de pain !

(*Poésies inédites*) J.-L. GONZALLE.

A RHEIMS

CHEZ P. REGNIER, IMPRIMEUR DE L'ACADÉMIE.

1858.

BETHLÉEM !

L'œuvre.... c'est l'homme.

PROLOGUE

I.

Bethléem ! Bethléem ! ce doux nom me rappelle

Cette humble crèche où naquit le Sauveur,

Et ces anges des cieux qui chantaient devant elle

L'immense amour du Créateur !

Dans cet enfant un Dieu venait de naître,

Pour nous prêcher à tous amour et repentir ;

    Jérusalem osa le méconnaître

Et le clouer vivant sur la croix du martyr !

Mais, fiers de son amour, héritiers de sa force,

Douze obscurs plébéiens, nés pour être immortels,

Cachant un noble cœur sous une rude écorce,

Au Dieu de l'Evangile ont dressé des autels !

Bravant des corrompus la haine et les outrages,

    La croix du Juste, en splendide soleil,

A d'un passé sanglant dissipé les orages,

Et de la liberté fécondé le réveil !

Libre et chrétien,. . l'esclave, à force de courage,

Sur d'antiques abus a passé le niveau,

Et d'un monde échoué sur l'écueil du naufrage

On vit, en quelques jours, naître un monde nouveau !

Partout, aux dieux menteurs de la Grèce païenne

La Croix fit succéder l'Espérance et la Foi,

Et cette Charité de la Rome chrétienne...

Humble et sublime enfant de sa divine loi !

C'est elle dont l'amour sait, avec tant de charmes,

  Sourire à l'enfant orphelin :

Secourir, consoler, prier, sécher des larmes...

C'est partout, et toujours, ici-bas son destin !

II.

Mais citons un exemple..... Obscur et sans bien-être,

Rheims! en ton hôpital vivait un humble prêtre.

Charitable et modeste, alors, comme aujourd'hui,

Il aimait à sourire au malheur sans appui.

Plein d'un ardent courage, en ce lieu de souffrances,

Il prodiguait à tous de saintes espérances,

Et le mourant, du ciel bénissant les décrets,

Descendait dans la tombe avec moins de regrets.

C'est dans un hôpital, froid et funèbre abîme,

Que la mort, en vautour, s'abat sur sa victime ;

C'est là que l'agonie a de cruels tourments !

Mais qu'une voix amie, à nos derniers moments,

Nous parle au nom d'un Dieu que pour nous elle implore,

Sans renaître à la vie, on sent qu'on aime encore !

L'isolement fait peur, à tous il est fatal....

Et c'est ainsi qu'on meurt sur un lit d'hôpital !

Mais Charlier (c'est le nom de ce prêtre que j'aime)

Consolait le mourant jusqu'au moment suprême,

Car toujours l'infortune a trouvé dans son cœur

Force... pour sa faiblesse, abri.... pour sa douleur.

Que d'heureux il a faits dans ce lieu de tristesse

Où la vie et la mort se disputent sans cesse,

Même en songeant, ô Rheims, à doter tes vieux murs

D'un bienfait dont les fruits n'étaient point encor mûrs !

Car un ange tout bas, ne cessait de lui dire :

« Obéis à ton cœur, la charité l'inspire ;

» Qu'en toi l'enfant perdu puisse trouver un jour,

» Du bon Vincent de Paul l'inépuisable amour ! »

Pour l'enfant, fruit sans nom du malheur ou du vice,

La charité légale, au seuil de cet hospice,

Avait ouvert un *Tour* où l'enfant délaissé

Etait, comme une épave, aussitôt ramassé.

Confié, le jour même, aux soins d'une nourrice

Dont souvent la froideur égale l'avarice,

Pauvre enfant ! où va-t-il et quel sera son sort ?

Car pour vivre *un* sur *quatre* est à peine assez fort !

La loi, jusqu'à douze ans, sur lui veille avec zèle....

Mais heureux est l'enfant que vers lui Dieu rappelle !

Pauvre, isolé, sans nom, que peut-il ici-bas ?

De honte et de misère il meurt à chaque pas,

Ou rampant et craintif, toujours froid, toujours triste,

Et par nécessité malheureux égoïste,

Même aux jours où la vie, aux brises du bonheur,

Sous un baiser d'amour, s'ouvre comme une fleur,

Rien, hélas ! ne l'émeut, rien.... excepté l'envie :

Fui de tous, il vit seul, c'est là toute sa vie !

O vous, vous qu'une mère a bercé dans ses bras,

Plaignez l'enfant sans nom, ne le maudissez pas !

Entouré de périls, élevé, Dieu sait comme,

Bien grande est sa vertu s'il meurt en honnête homme ;

Et s'il s'est égaré, rappelez-vous qu'un jour,

On l'a trouvé gisant sur la paille d'un *Tour !*

Là-bas, au sein des mers, menacé d'un naufrage,

Frêle jouet des vents que déchaîne l'orage,

Sans voiles et sans mât, voyez-vous un esquif

Errer, sans gouvernail, de rescif en rescif ?

Quand des flots irrités d'une mer qui bouillonne

L'écume dans les airs s'élance et tourbillonne,

Le nocher, sous ses pieds, voît l'abîme s'ouvrir ;

Chaque instant est pour lui le moment de périr ;

Seul, en désespéré, pour retarder sa chute,

Contre les éléments il se raidit, il lutte :

Au sein de ce désordre où le ciel est en feu,

L'athéisme vaincu tremble et confesse un Dieu,

Car le tonnerre gronde et l'éclair étincelle :

Vingt fois sans succomber l'infortuné chancelle !

Cette sublime horreur fait pâlir le plus fort....

Et pourtant, mille fois plus horrible est le sort

Du malheureux enfant qu'une mère abandonne,

Et qui, pauvre et sans nom, n'est aimé de personne !

Mais, pour ce paria du *Tour* hospitalier,

Sous ton ciel généreux, ô Rheims ! le bon Charlier

A fondé Bethléem, asile où son enfance,

En souriant à Dieu, sourit à l'espérance ;

Où par la charité, nourri, choyé, vêtu,

Il sent qu'il peut aimer et croire à la vertu !

Là, jusqu'à dix-huit ans, à l'abri des misères

Qui chez les nourriciers martyrisent ses frères,

On sait habituer doucement, pas à pas,

A l'amour du travail et son cœur et ses bras.

O Bethléem ! comment raconter ton histoire ?

Si mon vers disait tout, nul ne voudrait y croire.

Mais chantons.... dussions-nous être même indiscret.

La veille de Noël mil huit cent trente-sept ,

Le soir, dans une grange, et presque sans lumière ,

Un prêtre et *cinq* enfants adressaient leur prière

A ce Dieu des Chrétiens , qui du haut de sa croix ,

Priait pour notre monde et celui d'autrefois....

C'étaient l'abbé Charlier et ses premiers pupilles !

Bethléem ! aujourd'hui tes vertus sont nubiles ;

Mais alors, sans éclat, sur la paille gisant ,

Comme Jésus est né , tu naissais, pauvre enfant !

Il fallait vivre.... hélas ! vivre n'est point facile.

Trois fois il t'a fallu changer de domicile

Avant de pouvoir dire : « Ici , je suis chez moi ,

Libre, chéri de tous, protégé par la loi. »

Dans l'un des trois abris où ta jeune famille

Etait comme l'oiseau qui sort de sa coquille,

J'ai vu, tout un hiver, hiver brumeux et froid,

A travers les vieux murs et les tuiles du toit,

Tomber, comme on voit l'eau tomber d'une gouttière,

La neige et le grésil sur la couche du père !

Il ne se plaignait pas..... même de ses habits,

Pour qu'ils n'eussent point froid, il couvrait les petits,

Lorsque des vents du nord les bruyantes raffales,

Qui font craquer de peur nos vieilles cathédrales,

Réveillaient en sursaut un des petits enfants,....

Aussitôt le bon prêtre en ses bras caressants

Prenait l'enfant craintif, et sa vive tendresse

Savait de l'orphelin dissiper la détresse !

Pour savoir jusqu'où vont, dans son cœur de chrétien,

Son amour du malheur et son amour du bien,

Il faut, sans être vu, contempler en silence

Charlier, le bon Charlier instruisant l'innocence :

Il parle son langage, il sourit à ses vœux,

Il redevient enfant et se mêle à ses jeux.

C'est à force de soins qu'il captive l'enfance ;

Et lorsque son cœur s'ouvre à la reconnaissance,

Aux petits comme aux grands il dit avec ses pleurs :

« Priez pour votre père et pour vos bienfaiteurs ! »

Il n'exige pas plus. Et quand arrive l'âge

Où l'on doit d'un métier faire l'apprentissage,

Pour saisir chez l'enfant ce qu'il aime le mieux,

Comme il sait épier et son cœur et ses yeux !

L'enfant tient dans son cœur une si large place,

Que pour s'en faire aimer, il n'est rien qu'il ne fasse.

Mais tout ce qu'il rêvait pour un enfant trouvé ,

En créant Bethléem , n'était point achevé.

Il voulait plus encor pour arracher au vice

Cet enfant maculé par le sceau de l'hospice ,

Lorsque des passions , si vives aujourd'hui ,

Il entendrait au loin sonner l'heure pour lui.

A genoux devant Dieu témoin de ses alarmes ,

Que de fois , en priant , il a versé des larmes !

Mais, un jour, par Dieu seul tout-à-coup inspiré ,

Il sourit et, joyeux, il semble rassuré :

« Merci, dit-il, mon Dieu, pour ces enfants que j'aime !

» Mon œuvre maintenant vivra plus que moi-même...

» En voyant de ma vie approcher le déclin ,

» J'avais peur de laisser Bethléem orphelin....

» Mais la route est tracée, il ne faut plus que suivre ! »

Oui, Charlier, Bethléem est assuré de vivre,

Dans le *Protectorat* tes enfants, désormais,

Trouveront des amis et de nouveaux bienfaits !

Ai-je tout dit ? Oh ! non : à l'histoire fidèle,

Nous devons achever notre tâche avec zèle.

O jeunes Orphelins qui portez un grand nom,

Puis-je vous oublier, *Boursiers-Napoléon ?*

Laissons l'ingratitude aux partis politiques

Qui, froidement ingrats et jaloux fanatiques

Même quand du soleil les feux éblouissants

Ruissellent dans l'espace en rayons bienfaisants,

S'accroupissent dans l'ombre et refusent de croire

Qu'il est telle ou telle heure au cadran de l'histoire.

Priez, enfants, priez pour le chef de l'État,

Qui, dotant Bethléem de votre orphelinat,

Vous prouve que son cœur, grand comme sa puissance,

Sait de celui qui souffre alléger la souffrance.

Lorsque des monts glacés et vieux comme le temps

On vit un jour les eaux s'échapper en torrents ,

Et, broyant dans leur course usines et villages,

Transformer du Midi les champs en marécages ,

Au milieu des périls de ces jours désastreux ,

Quel homme fut pour tous un ami généreux ?

Quand l'hiver et la faim, ô Paris, dans tes rues

Font surgir du malheur les chétives recrues,

Au pauvre, quel qu'il soit , sans travail et sans pain ,

Quel homme ouvre sa bourse et sait tendre la main ?

Toujours froid et sans peur devant la calomnie ;

Aussi sûr de son bras que fier de son génie ;

Du crédule ouvrier, dont le sang et les pleurs

Ont servi de jouets à d'impuissants rêveurs ,

Quel homme, nuit et jour étudiant la vie,

Marche droit à son but sans que son pied dévie,

Et, faisant à lui seul plus que tous les pouvoirs,

Donne au peuple des *bains*, des *cités*, des *lavoirs* ?

A l'ouvrier malade au sein de sa famille,

Quel homme sait aux soins d'un fils ou d'une fille

Joindre ceux de la loi, dont l'utile concours

Dans sa pauvre demeure apporte des secours ?...

Pauvre,... mais plus heureux que sur un lit d'hospice,

Si pour lui de la mort s'ouvre le précipice,

Dans les bras d'une épouse, à l'heure du trépas,

Il peut au moins bénir ceux qu'il aime ici-bas ;

Et, s'il peut prolonger sa pénible existence,

Vincenne ouvre un asile à sa convalescence !

A tous nos vieux soldats, eux si beaux et si grands,

Lorsque, fiers d'être fils des Gaulois et des Francs,

Du Caire et de Moscou gravissant les murailles,

Ils suivaient en héros l'aigle de nos batailles,

Eux... qui, malgré leur front par la gloire ennobli,

Ont, hélas ! quarante ans végété dans l'oubli....

A ces obscurs débris des beaux jours de l'Empire,

Qui sait faire oublier quarante ans de martyre ?

Oui, quel est-il, enfants, ce grand consolateur ?

C'est Napoléon trois, c'est votre bienfaiteur !

ÉPILOGUE

III.

S'ils ne sont plus ces jours, ô Rheims, fille des Gaules ,

Où ta main brandissait une faucille d'or,

Où de beaux cheveux blonds flottaient sur tes épaules ,

De ton sceptre de reine on se souvient encor !

C'est en vain que l'oubli de ses épais nuages

Voudrait de tes grands jours voiler le souvenir....

Ton nom gaulois, dans le lointain des âges ,

Est un soleil vieilli que Dieu peut rajeunir !

Console-toi si, comme un grain de sable,

La gloire d'un grand peuple est le jouet du sort :

Dieu seul est éternel, Dieu seul est immuable....

    Oui... mais, ô Rheims, tout en toi n'est pas mort !

Si ton front druïdique a perdu sa couronne,

Et si tes vieux remparts sont à jamais détruits,

Dans les champs du travail qui mieux que toi moissonne,

Et d'utiles progrès sait féconder les fruits?

    Tes monuments, que l'étranger admire,

    De ton passé ne parlent pas en vain ;

    De tes enfants le cœur aime à sourire

        Comme le bon Samaritain.....

Que te faut-il de plus pour être heureuse et belle ?

Aux jours des amères douleurs,

Comme aux jours où partout l'allégresse ruisselle,

Dieu protége et bénit ceux qui sèchent des pleurs !

O Rheïms ! qu'à l'avenir le présent fasse envie !

Bethléem est à toi, c'est ton œuvre.... et tu sais

Que si l'on peut compter tous les jours de sa vie,

Dieu seul.... du bon Charlier peut compter les bienfaits !

Rheims , Imp. de P. REGNIER.

www.ingramcontent.com/pod-product-compliance
Lightning Source LLC
Chambersburg PA
CBHW061629180626
46818CB00005B/2295